Ein bisschen Bildung
ziert den ganzen Menschen

Ernst Günter Tange

Zitatenschatz für Lehrer

Ein bißchen Bildung
ziert den ganzen Menschen

Illustriert von Birgit Tanck

Eichborn.

Die Deutsche Bibliothek - CIP-Einheitsaufnahme

Zitatenschatz für Lehrer
Ein bißchen Bildung ziert den ganzen Menschen / Ernst Günter Tange.
Ill. von Birgit Tanck.
- Frankfurt am Main: Eichborn, 1997
ISBN 3-8218-3462-5

Umschlaggestaltung: Christina Hucke
Satz und Lithografie: Fuldaer Verlagsanstalt GmbH
Druck und Bindung: Wiener Verlag
ISBN 3-8218-3462-5

Verlagsverzeichnis schickt gern:
Eichborn Verlag, Kaiserstraße 66, D-60329 Frankfurt/Main

INHALT

VORWORT

Es gibt einen ziemlich gehässigen Schnack in Bezug auf das Phänomen Lehrer. Er lautet: »Meinst du Lehrer mit oder ohne h?«
Dieser Spott unterstellt, daß es Lehrer gibt, die im Kopf leerer sind, als es ihrer Funktion bekommt. Nun mag es Einzelfälle dieser Art geben, im allgemeinen kann man jedoch davon ausgehen, daß Lehrer weiblichen und männlichen Geschlechts eine Berufsgruppe sind, deren soziale Bewertung höchst ungerecht ausfällt, gemessen an ihrer Bedeutung für das Gemeinwesen. Da gibt es zahllose Paukerwitze, da werden recht negative menschliche Eigenschaften und Verhaltensweisen mit dem Lehrerbegriff apostrophiert, so wenn man z.B. abwertend jemanden »lehrerhaft« nennt oder von einer unerotisch wirkenden Frau behauptet, sie sei eine typische Lehrerin, wobei man offenbar altmodische Begriffe wie »Blaustrumpf« und »Mauerblümchen« im Hinterkopf hat. Woher kommt dieses Phänomen? Warum ist z.B. der Berufsstand der Ärzte, dem doch auch viel private Leiderfahrung zu verdanken ist, nicht in ähnlicher Weise Opfer von Häme?
Nicht erst seit Wilhelm Buschs maikäferjagendem Lehrer Hempel werden als typische Lehrereigenschaften empfunden: Vertrotteltsein, Weltfremdheit, Humorlosigkeit, Zerstreutheit. Es sieht fast so aus, als ob das negative Image des Pädagogen Folge einer kollektiven Psychose ist. Es ist wahr: jeder Mensch hat eine Mutter und einen Vater, fast jeder mußte in seinem Leben mehrfach zum Arzt, zum Friseur, viele mußten auch vor den Kadi oder hatten einmal mit der Polizei zu tun, also gibt es sehr viel kollektive Erfahrung mit Hierarchien, mit Machtinstanzen, denen gegenüber man sich unterlegen fühlen muß, was be-

kanntlich Neid und Spott als Form der Abwehr provoziert. Aber nur im Falle des Pädagogen ist über diesen Mechanismus eine Witzblattfigur entstanden.

Um dieses Phänomen zu verstehen, muß man ein wenig in die Geschichte zurückblicken. Berufsmäßige Lehrer waren ursprünglich arme Teufel. Bei den alten Griechen bedeutet das Wort Pädagoge »Knabenführer«. Es waren dies Sklaven, die die Funktion hatten, Knaben zum Gymnasium zu bringen. Dies waren Gärten, in denen Jünglinge in erster Linie ihren Körper und am Rande durch Gespräche mit Älteren auch ihren Geist übten. Damals wurde die Trennung in Geist und Körper noch nicht in einer Weise

gemacht, die heute leider zu dem Phänomen geführt hat, daß der beste Reckturner gewöhnlich schlechte Deutschnoten hat, während der Zögling mit der größten Sprachbegabung die wenigsten Klimmzüge hinbekommt.
Die Knabenführer hatten einen sehr niederen Stand innerhalb der Gesellschaft. Sie waren Leibeigene, aber weder Philosophen noch Athleten. Heute ist z.B. der Sportlehrer eine meist fatale Mischung beider Funktionen, da er nicht nur Basketballspiele pfeifen muß, sondern auch noch Geographieunterricht geben soll. Wir leben zwar in einer Epoche, in der die Muskelkraft nicht mehr die Rolle

spielt wie in der Antike oder im Mittelalter, wie jedoch ein Blick auf das Phänomen Schwarzenegger zeigt, ist uns die Idealisierung des Bizeps als Gehirnwulst oder Körpergewalt geblieben. Der Lehrer geht sozusagen leer aus zwischen den Fronten Kraft und Klugheit, die einst eine Einheitsfront waren. Geistige Leistungen werden heute mehr mit Künstlern, Kabarettisten, ja sogar Filmstars oder Showmastern in Verbindung gebracht, als mit den Menschen, die sich tagtäglich an der Front der Dummheit und Vorurteile auf dem Schlachtfeld einer Gesamtschule abzappeln.

Bis ins neunzehnte Jahrhundert hinein waren Lehrer Sklaven. Dies gilt zum Beispiel für den früher so unbeliebt-beliebten Hauslehrer und Hofmeister. Auch heute noch haftet dem Berufsstand der Pädagogen etwas von Leibeigenschaft an. Zwischen weltfremden Lehrplänen der Kultusministerien und medienverseuchten Kleinhirnen der Schüler sind sie auf einer bildungsstrategisch aussichtslosen Position. Ich selbst habe hohen Respekt vor diesen Don Quichottes und ihren vergeblichen Feldzügen gegen geistige Ignoranz. Möge ihnen der Humor als Pausenbrot zwischen den Scharmützeln über Wilhelm Tell, Bruchrechnung, unregelmäßigen Verben zur Verfügung stehen, statt sie sich als Zielscheibe zu suchen.

LEHRER, -INNEN

Lehrer: ein Lebewesen, das einem Probleme erklärt, die man ohne es gar nicht gehabt hätte. *Anonym*

– einer, der schwört, lieber hungern als unterrichten zu wollen, und der schließlich beides tut. *Anonym*

– eine Art Amphibie. Er ist zwar ein Erwachsener, aber er lebt in der Welt des Kindes. *Martinus J. Langeveld*

– einer, der in seiner Jugend Lehrer bewunderte.

Henry Louis Mencken

Was man nicht weiß, kann man Kindern nur sehr umständlich erklären. *Anonym*

Der ideale Lehrer raucht nicht, trinkt nicht, spielt nicht und existiert nicht. *Schülerspruch*

Kennen Sie den Unterschied zwischen Terroristen und Lehrern? Terroristen sind von Sympathisanten umgeben.

Schülerspruch

Ein Lehrer mit Lehrbefähigung ist eine Doppelbegabung.

Karlheinz Deschner

Einem anderen Menschen seine schiefen und verwachsenen Gedanken orthopädisch gerade zu rücken, ist eine wahre Hundearbeit. *Theodor Fontane*

Ein guter Lehrer hat nur eine Sorge: zu lehren, wie man ohne ihn auskomme. *André Gide*

Nichts ist schrecklicher als ein Lehrer, der nicht mehr weiß, als was die Schüler wissen sollen.

Johann Wolfgang von Goethe

Die Strafe der Lehrer ist ihr Irrglaube, Unfehlbarkeit vortäuschen zu müssen. *Sigmund Graff*

Da der Staat den Lehrern einen Hungerlohn zahlt, bleiben die Völker so dumm, daß sie sich Kriege für Hunderte von Milliarden Mark leisten müssen. *Christian Morgenstern*

Kein Lehrer ist je an seiner Unwissenheit gescheitert. Dies ist eine Berufserfahrung. Lehrer scheitern daran, daß sie nicht »mit der Klasse zurechtkommen«. Der wahre Unterricht beschränkt sich letztlich auf diejenigen, die darauf bestehen, etwas zu lernen; das Übrige ist bloßes Viehtreiben.

Ezra Pound

Der beste Lehrer ist jener, der sich nach und nach überflüssig macht.

George Orwell

Ein Kind nach den Anleitungen eines Buches zu erziehen, ist gut, nur braucht man für jedes Kind ein anderes Buch.

Anonym

Pensionierte Lehrer sind meistens schlecht gelaunt; ihnen fehlen die Ferien.

Carlo Franchi

Unglücklicherweise ist es für überlastete Lehrer fast ein Ding der Unmöglichkeit, sich eine instinktive Zuneigung für die Kinder zu erhalten; sie werden allmählich für Kinder unweigerlich das gleiche empfinden wie der sprichwörtliche Konditorlehrling für Makronen.

Bertrand Russell

Wer es kann, der tut es. Wer es nicht kann, der lehrt es.

George Bernard Shaw

Altsprachler: er las immer Agamemnon statt »angenommen«, so sehr hatte er den Homer gelesen.

Georg Christoph Lichtenberg

Historiker: ein Reporter, der überall dort nicht dabei war, wo etwas passiert ist.

George Bernard Shaw

– Besserwisser im nachhinein.

Herbert George Wells

Was in einer Gegenwart geschieht, erfährt man in der Regel erst eine ganze Weile danach von den Historikern.

Ludwig Marcuse

Nach Ansicht von Literaturhistorikern ist Literatur hauptsächlich dazu da, um eine Arbeitslosigkeit unter Literaturhistorikern zu verhindern. *Harold Pinter*

Mathematiker: ein Mensch, der einen ihm vorgetragenen Gedanken nicht nur sofort begreift, sondern auch erkennt, auf welchem Denkfehler er beruht. *Helmar Nahr*

Er war ein guter Mathematiker und schwieg aus Berechnung. *Peter Reichenbach*

Philologe: ein Mensch, dessen französische Sprachkenntnisse ihn befähigen, in einem Pariser Lebensmittelgeschäft mit einer Originalrede des Voltaire auf den Lippen zu verhungern. *Helmuth M. Backhaus*

– ein Mann, der, auf dem Grimmschen Gesetze reitend, eine flüchtende Silbe über Umlaute und Ablaute hinweg bis in die von einem schwachen Echo widerhallenden Schluchten des Himalaja hinein verfolgt. *Richard Grant White*

Philologen: altgewordene Gymnasiasten. *Friedrich Nietzsche*

Philosoph: ein Mann, der alle Probleme lösen kann, ausgenommen die eigenen. *Phil Holden*

– einer, der denkt, um zu glauben; einer, der seine Vorurteile klarlegt und seine Unwissenheit in ein System bringt.
Elbert Hubbard

– ein Mann, der nie um Argumente verlegen ist.

Ludwig Marcuse

– wer in einem blühendem Frauenkörper das Skelett zu sehen vermag. Brüste sind hübscher. *Kurt Tucholsky*

– ein Mann, der in Ermangelung einer Frau gleich die ganze Welt umarmt. *Peter Ustinov*

Philosophen: Menschen, die über etwas reden, was sie selbst nicht verstehen, und einem das Gefühl geben, daran schuld zu sein. *Anonym*

– erwachsene Kinder, die sich mit ihrem eigenen »Warum?« auf die Nerven fallen. *Wolfgang Herbst*

– Leute, die freiwillig auf das verzichten, was sie sowieso nicht bekommen. *Georges Mikes*

Intellektueller: einer, der mehr Wörter benutzt, als er eigentlich braucht, um mehr zu sagen, als er weiß.

Inschrift an einer Wand in der Universität Cambridge

Ein Mann von Geist würde ohne die Gesellschaft der Dummköpfe oft sehr in Verlegenheit sein.

François de la Rochefoucauld

FÄCHER

Chemie: der unsaubere Teil der Physik. *Anonym*

– die Wissenschaft, die daran arbeitet, Wasser und Luft in ihrer reinen Form zu erhalten, denn die Chemie ist die Wissenschaft, die dafür verantwortlich ist, daß Wasser und Luft in ihrer reinen Form nicht mehr vorkommen.

Münchner Lach- und Schießgesellschaft

Wer den Himmel auf Erden sucht, hat im Erdkundeunterricht geschlafen. *Stanislaw Jerzy Lec*

Das wichtigste Lehrfach der Zukunft wird die Freizeitkunde sein. *Heinrich Wolter*

Geschichte: die Lehre, daß die Menschen nichts gelernt haben. *Anonym*

– die Umwandlung mächtiger Eroberer in kleine Fußnoten. *Anonym*

– die Addition von Ereignissen, die besser nicht stattgefunden hätten. *Anonym*

– häufig das, was ein Historiker einem anderen Historiker erzählt. *Hellmut Andics*

– die meistens falsche Darstellung meistens unwichtiger Ereignisse, die von meistens schurkischen Herrschern und meistens dummen Soldaten herbeigeführt wurden.

Ambrose Bierce

– der beste Lehrmeister mit den unaufmerksamsten Schülern. *Indira Gandhi*

– nicht viel mehr als eine Aufzählung der Verbrechen, Narrheiten und Unglücksfälle der Menschheit. *Edward Gibbon*

– das, woraus wir lernen, daß wir nichts aus ihr lernen. *Georg Wilhelm Friedrich Hegel*

– die Addition von Zufällen. *Werner Höfer*

– Sammlung von Tatsachen, die vermeidbar gewesen wären. *Stanislaw Jerzy Lec*

– das Muster, das man hinterher in das Chaos webt. *Carlo Levi*

– die Lüge, auf die man sich geeinigt hat. *Napoleon I.*

– die Unfallchronik der Menschheit. *Charles Maurice Talleyrand*

– die uns überlieferte Information über frühere Versuche, die Zukunft zu gestalten. *Karl Steinbuch*

– die Wissenschaft von dem, was nicht zweimal vorkommt. *Paul Valéry*

Latein: die späte Rache der Römer an den Germanen. *Anonym*

– Muttersprache des Menschen. Verdirbt den Stil. Dient nur zum Entziffern der Inschriften auf öffentlichen Springbrunnen. *Gustave Flaubert*

Die größte Leistung der alten Römer war, daß dort schon die Kinder Latein gesprochen haben. *Kurt Gierke, Gymnasiast*

Mathematik: das Alphabet, mit dessen Hilfe Gott das Universum beschrieben hat. *Galileo Galilei*

– die Grammatik der Zahlen. *Hans Lohberger*

– die Wissenschaft, bei der man nicht weiß, wovon man spricht, noch ob das, was man sagt, wahr ist. *Bertrand Russell*

Gewißheit gibt allein die Mathematik. Aber leider streift sie nur den Oberrock der Dinge. *Wilhelm Busch*

Mathematik: trocknet das Herz aus. *Gustave Flaubert*

Wir wissen, daß zwei mal zwei vier ist. Aber warum zwei mal zwei vier ist, davon haben wir keine Ahnung.

Heinz von Förster

Musik: Ohne Musik wäre das Leben ein Irrtum.

Friedrich Nietzsche

Die musische Ausbildung an den Schulen ist eher wie ein Brautunterricht, wo überwiegend von den Pflichten geredet wird. *August Everding*

Philosophie: unverständliche Antworten auf unlösbare Probleme. *Henry Adams*

– eine Strecke mit vielen Wegen, die von Nirgends zu Nichts führt. *Ambrose Bierce*

– gesunder Menschenverstand im Frack. *Oliver Braston*

– die geistreiche Übersetzung des Unerklärlichen in das Unverständliche. *Hans Clarin*

– der Versuch, in einem dunklen Zimmer eine schwarze Katze zu fangen, die gar nicht drin ist. *Pablo Cruz*

– Begreifen ohne Hände. *Ron Kritzfeld*

– Geschichte der fehlgeschlagenen Versuche, die Probleme der Philosophie zu lösen. *Pau Reé*

Wenn die Welt erst ehrlich genug geworden sein wird, um Kindern vor dem 15. Jahr keinen Religionsunterricht zu erteilen, dann wird etwas von ihr zu hoffen sein.
Arthur Schopenhauer

Sexualkunde: jener neumodische Unterricht, bei dem die Lehrer endlich erfahren, was die Schüler schon lange wissen. *Karl Heitzer*

Richtig interessant wird der Sexualkunde-Unterricht erst, wenn man Hausaufgaben bekommt. *Robert Lembke*

Sport: eine Methode, Krankheiten durch Unfälle zu ersetzen. *Anonym*

– ein vernünftiger Versuch des modernen Zivilisationsmenschen, sich Strapazen künstlich zu verschaffen.
Peter Bamm

– eine völkerverbindende Sache. Vor allem die Ärzte haben viel zu verbinden. *Herbert Rosendorfer*

DIE KUNST DES Lehrens und Lernens

Lehren: die Kunst, entdecken zu helfen. *Anonym*

– die Dinge zweimal lernen. *Joseph Joubert*

– vom inneren Reichtum abgeben; man muß am Ende stehen, wenn man anderen den Anfang zeigen will.

Kurt Tucholsky

Die etwas können, tun es; die es nicht können, lehren es; die es nicht tun und nicht lehren können, verwalten es.

Henry Louis Mencken

Die Kunst des Lehrens besteht darin, die natürliche Neugier junger Menschen zu wecken, um sie dann stillen zu können. *Anatole France*

Lehrt eure Kinder die Wahrheit, aber bereitet sie auf eine Welt voller Lügen vor. *Werner Mitsch*

Eine der ersten Sachen, die Kinder heutzutage in der Schule lernen sollten, ist, einen einfachen Aussagesatz ohne das Wort »Scheiße« zu bilden. *Anonym*

Lernen ist wie Rudern gegen den Strom. Sobald man aufhört, treibt man zurück. *Benjamin Britten*

Überall lernt man nur von dem, den man liebt.
Johann Wolfgang von Goethe

Die meisten, allermeisten Schwierigkeiten kommen nicht daher, daß die Sache schwer zu lernen wäre, sondern daher, daß der Lehrer sagt, es sei schwer. *Ludwig Hohl*

Man lernt nur dann und wann etwas: aber man vergißt den ganzen Tag. *Arthur Schoppenhauer*

WAS HEISST Erziehung?

Erziehen: ein Kind so weit bringen, daß es uns nicht mehr braucht. *Anonym*

– den Kampf gegen sich selbst in seinen Kindern weiterkämpfen. *Aus den »Fliegenden Blättern*

– natürliche Anlagen entwickeln. *Fernando Galiani*

– die Gemüter junger Menschen in Unruhe versetzen und ihren Wissensdurst wecken. *Robert M. Hutchins*

– immun machen gegen das Fernsehen. *Herbert Marshall McLuhan*

– an neuen Modellen so lange herumbasteln, bis sie von den alten nicht mehr zu unterscheiden sind. *Wolfram Weidner*

Wer Kinder mit Anbrüllen zum Gehorsam erziehen will, ist wie einer, der sein Auto mit der Hupe zu lenken versucht. *Anonym*

Man kann Kinder auch zum Lügen erziehen, indem man ihnen lauter verfängliche Fragen stellt. *Marcel Proust*

Ein Kind zu erziehen, ist leicht. Schwer ist nur, das Ergebnis zu lieben. *Werner Schneyder*

Der einzige mitunter erfolgreiche Erzieher ist das Leben. *Gabriel Laub*

Die besten Erzieher waren schon immer die Kinderlosen.

Werner Mitsch

Erziehung: die Fähigkeit herauszufinden, was die Kinder wollen, und es dann von ihnen zu verlangen. *Anonym*

– das Verfahren, mit dem man jüngeren Leuten die eigenen Fehler beibringt. *Anonym*

– der Versuch, Kinder davon abzuhalten, die Erwachsenen nachzuahmen. *Anonym*

– die Entwicklung des Gedächtnisses auf Kosten der Phantasie. *Owen Johnson*

– Beispiel und Liebe – sonst nichts. *Friedrich W. A. Fröbel*

– Unterweisung in Vorurteilen. *Ron Kritzfeld*

– bisher eine Kunst; läuft jetzt Gefahr, eine Wissenschaft zu werden. *Alfred Lichtwark*

– organisierte Verteidigung der Erwachsenen gegen die Jugend. *Mark Twain*

– Zivilschutz gegen den radioaktiven Niederschlag der Medien. *Herbert Marshall McLuhan*

– wesentlich das Mittel, die Ausnahme zu ruinieren zugunsten der Regel. *Friedrich Nietzsche*

– falsche Perlen vor echte Säue werfen. *Dorothy Parker*

– ein Verfahren, das einer riesigen Menschenschar das Lesen beibrachte, aber nicht imstande war, unterscheiden zu lehren, was lesenswert ist. *George M. Trevelyan*

– eine wunderbare Sache, doch es ist gut, von Zeit zu Zeit daran zu denken, daß nichts Wissenswertes gelehrt werden kann. *Oscar Wilde*

Ziel der Erziehung: dem Kind ermöglichen, ohne Lehrer weiterzukommen. *Elbert Hubbard*

Erziehung nennen es die Leute, wenn sie den jungen Menschen die eigenen Fehler beibringen. *Fritz de Crignis*

Es gibt keine andere vernünftige Erziehung als Vorbild zu sein: wenn's nicht anders geht, ein abschreckendes.
Albert Einstein

Bevor ich heiratete, hatte ich sechs Theorien über die Erziehung von Kindern. Jetzt habe ich sechs Kinder und keine Theorie. *John Wilmot Rochester*

Wir legen den Worten zuviel Gewicht bei: mit unserer geschwätzigen Erziehung erzeugen wir nur Schwätzer.
Jean-Jacques Rousseau

Erziehung ist Politur. Sie verschönert von außen, ändert das Material nicht. *Eleonore van der Straten-Sternberg*

Bei den meisten Kindern kann man sagen: gleich nach Ankunft verzogen. *Herta Winkler*

Die antiautoritäre Erziehung können nur Leute erfunden haben, die selber keine Kinder haben. *Liselotte Pulver*

Freie Erziehung ist immer eine Erziehung zur Kontroverse, wer sein Fach nicht als widersprüchlich gelernt hat, beherrscht es nicht. *George Bernard Shaw*

Die beste Erziehung: die Erziehung zum Widerspruch. *Alain Resnais*

Es gibt keine andere vernünftige Erziehung als Vorbild zu sein: wenn's nicht anders geht, ein abschreckendes. *Albert Einstein*

Gute Erziehung: verbergen können, wieviel wir von uns selbst halten und wie wenig von den anderen. *Mark Twain*

Der Mensch ist das einzige Geschöpf, das erzogen werden muß. *Immanuel Kant*

Gut erzogen zu sein, ist heute ein großer Nachteil. Es schließt einen von so vielem aus. *Oscar Wilde*

Wenige Dinge auf Erden sind lästiger als die stumme Mahnung, die von einem guten Beispiel ausgeht.

Mark Twain

Ohne Zwang: Das einzige, das noch schwieriger ist, als ein geordnetes Leben zu führen: es anderen nicht aufzuzwingen. *Marcel Proust*

Ohrfeige: der Offenbarungseid des Erziehers. *Anonym*

Pädagogik: den Verstand in Tätigkeit setzen. *Michel de Montaigne*

– das Bemühen, in Jahren zu erreichen, was früher in ebensoviel Wochen gelehrt wurde. *Cyril Northcote Parkinson*

BILDUNG
und Wissen

Bildung: was übrigbleibt, wenn man die Details vergessen hat. *Anonym*

– eines der wünschenswertesten Ziele, für das niemals zuviel von dem Geld anderer Leute aufgewendet werden kann. *Institute of Economic Affairs*

– die Fähigkeit, sich alles anzuhören und dabei weder die Selbstbeherrschung zu verlieren noch das Selbstvertrauen. *Robert Frost*

– was dem Weisen enthüllt und dem Toren verbirgt, daß er nichts begreift. *Ambrose Bierce*

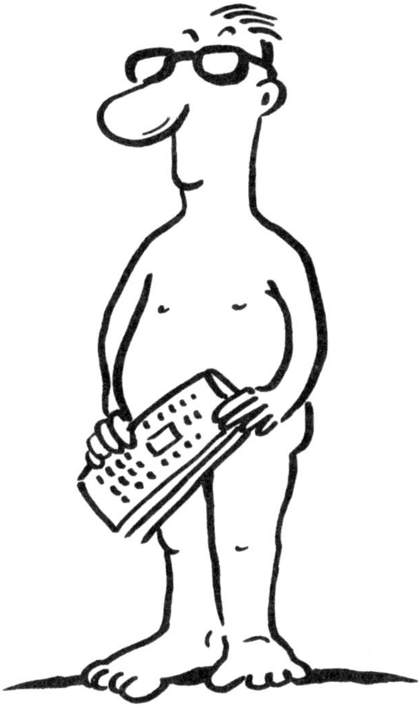

– die Fähigkeit, Wesentliches von Unwesentlichem zu unterscheiden und jenes ernst zu nehmen. *Paul de Lagarde*

– das, was übrig bleibt, wenn der letzte Dollar weg ist *Mark Twain*

– was dem Klugen zeigt, wie wenig er kann, und dem Dummen die Illusion gibt, viel zu können. *Julian Tuwim*

– die Fähigkeit, Parallelen zu sehen, wo andere etwas völlig Neues zu erblicken glauben. *Sigmund Graff*

– etwas, das die meisten empfangen, viele weitergeben und wenige haben. *Karl Kraus*

Literarische Bildung: eine Art von rezeptivem Sadismus: genießen dessen, was andere, die Schöpferischen, litten. *Hans Kudszus*

So ein bißchen Bildung ziert den ganzen Menschen.

Heinrich Heine

Der Vorteil der klassischen Bildung liegt darin, daß man lernt, den Reichtum zu verachten, den man ohne klassische Bildung erwerben würde. *Russel Green*

Eine umfassende Bildung ist eine gut dotierte Hausapotheke. Aber es besteht keine Sicherheit, daß nicht für Schnupfen Zyankali gereicht wird. *Karl Kraus*

In der deutschen Bildung nimmt den ersten Platz die Bescheidwissenschaft ein. *Karl Kraus*

Wenn man alles gelesen und alles wieder vergessen hat – was dann übrigbleibt, das ist Bildung. *Carl Larsson*

In ihm war eine große – mit Bildung randvoll angefüllte – Leere. *Stanislaw Jerzy Lec*

Moderne Bildung hat man dann erreicht, wenn man Zeus nur mehr als Rakete kennt. *Hellmut Walters*

Gebildet ist ... der, dem man nicht anmerkt, daß er studiert hat, wenn er studiert hat. *Max Scheler*

Manche Leute werden hauptsächlich deshalb für gebildet gehalten, weil ihnen das wenige, was sie wissen, im richtigen Augenblick einfällt. *Friedrich Julius Stahl*

Wenn die Ungebildeten einen Porsche fahren, so rächen sich die Gebildeten dafür mit dem Gebrauch von Fremdwörtern. *Heinz Linders*

Wenn heutzutage einer »halbgebildet« wäre, wäre er fast schon ein Genie. *Werner Schneyder*

Schulbildung: etwas, das keinem schadet, wenn er sich später die Mühe macht, etwas Ordentliches zu lernen.

Anonym

Intelligenz: jene Eigenschaft des Geistes, dank derer wir schließlich begreifen, daß alles unbegreiflich ist. *Emile Picard*

Der Nachteil der Intelligenz besteht darin, daß man ununterbrochen gezwungen ist, dazuzulernen.

George Bernard Shaw

Niemand urteilt schärfer als der Ungebildete. Er kennt weder Gründe noch Gegengründe und glaubt sich immer im Recht. *Ludwig Feuerbach*

Wissen: jener kleine Teil der Unwissenheit, den wir geordnet und klassifiziert haben. *Ambrose Bierce*

– so ziemlich das einzige auf der Welt, was auf der Straße liegt und wovon sich jeder nehmen kann, soviel er Lust hat. *Anonym*

– eine nutzlose Sache, wenn niemand weiß, daß man etwas weiß. *Anonym*

Es mag sein, daß wir durch das Wissen anderer gelehrter werden. Weiser werden wir nur durch uns selbst.

Michel de Montaigne

Leute, die über den Wissensdurst getrunken haben, sind eine gesellschaftliche Plage. *Karl Kraus*

Je mehr einer weiß, desto mehr bezweifelt er. *Voltaire*

Der Ärger mit den meisten Leuten ist nicht so sehr ihre Unwissenheit, sondern daß sie so viele Dinge wissen, die nicht so sind. *Josh Billings*

Unwissenheit ist meistens überwindbare Unwissenheit. Wir wissen nicht, weil wir nicht wissen wollen. *Aldous Huxley*

SCHULALLTAG

Abschlußprüfung: der Scheitelpunkt zwischen Lernen und Vergessen. *Klaus Lettke*

Der einzig überzeugende Unterricht ist der Anschauungsunterricht. *Romain Rolland*

Wer die Menschen kennenlernen will, der studiere ihre Entschuldigungsgründe. *William Faulkner*

Was das Gymnasium wert ist, sieht man weniger an denen, die es besucht haben, als an denen, die es nicht besucht haben. *Egon Friedell*

Hausaufgaben sind Hausfriedensbruch. *Schülerspruch*

Prüfungen sind deshalb so scheußlich, weil der größte Trottel mehr fragen kann, als der klügste Mensch zu beantworten vermag. *Charles C. Colton*

Wir leben in einer merkwürdigen Zeit: Schulanfänger beschäftigen sich mit Computern, Generaldirektoren mit dem Puzzlespiel. *Bill Prentice*

Schule: offene Lernvollzugsanstalt, die von Erwachsenen per Gesetz zum alltäglichen Zwangsaufenthalt der Kinder erklärt wurde. *Anonym*

– jenes Exil, in dem der Erwachsene das Kind solange hält, bis es imstande ist, in der Erwachsenenwelt zu leben, ohne zu stören. *Maria Montessori*

Die deutsche Schule weiß zwar viel, nur vom Kind weiß sie zuwenig. *Theodor Hellbrügge*

SCHÜLER

Du bist ein Gymnaseweis, mein Lieber! *Christian Morgenstern*

Jugend: eine wunderbare Sache. Wie schade, daß sie an die Kinder verschwendet wird. *George Bernard Shaw*

Überall hört man, daß die Jugend die schönste Zeit im Leben sei. Ich verstehe nicht, warum wir dann die jungen Leute ständig mahnen, an ihre Zukunft zu denken. *Anonym*

Es ist das Vorrecht der Jugend, Fehler zu begehen, denn sie hat genug Zeit, sie zu korrigieren. *Ernst Barlach*

Die Jugend wäre eine noch viel schönere Zeit, wenn sie erst später im Leben käme. *Charlie Chaplin*

Die Jugend weiß, was sie nicht will, bevor sie sich darüber im klaren ist, was sie will. *Jean Cocteau*

Was bei der Jugend wie Grausamkeit aussieht, ist meistens Ehrlichkeit. *Jean Cocteau*

Das Dumme an der heutigen Jugend ist, daß man selbst nicht mehr dazugehört. *Salvador Dali*

Mangel an Erfahrung veranlaßt die Jugend zu Leistungen, die ein erfahrener Mensch niemals vollbringen würde. *Jean Duché*

Die Jugend kann nicht mehr auf die Erwachsenen hören. Dazu ist ihre Musik zu laut. *Oliver Hassencamp*

Die Jugend ist meist so allwissend, daß sie alles weiß, bis auf eines: daß auch einmal die Alten allwissend waren, bis sie wirklich etwas wußten. *Ernest Hemingway*

Das Problem mit der heutigen Jugend liegt darin, daß sie sich nicht als Baufirma versteht, sondern als Abbruchunternehmen. *Marcello Mastroianni*

Jugend ist wie Sauerteig. Aber der Sauerteig ist nicht das ganze Brot. *Alexander Puschkin*

Die Jugend liebt das Vollkommene nicht. Es läßt ihr zuwenig zu tun übrig und ärgert oder langweilt sie. *Paul Valéry*

Die Abgeordneten bewilligen lieber Geld für Gefängnisse als für Schulen, weil sie wissen, daß sie bestimmt nicht mehr in die Schule müssen. *Georges Patelin*

Schule des Lebens: Im Leben lernt der Mensch zuerst gehen und sprechen. Später lernt er dann, stillzusitzen und den Mund zu halten. *Marcel Pagnol*

Es gibt mehr Dinge im Himmel und auf Erden, als eure Schulweisheit sich träumt. *William Shakespeare*

Mädchen, die in der Schule sitzenbleiben, trösten sich mit der Hoffnung: lieber jetzt als später. *Edi Welz*

Der Glaube kann Berge versetzen, aber nicht einen einzigen Schüler mit schlechten Noten. *Ernst Dittrich*

Wenn ein Kind mit guten Zensuren nach Hause kommt, sprechen die Väter von Vererbung. *Robert Graf*

Zensuren: Die Noten, die ein Kind nach Hause bringt, eignen sich hervorragend zur Beurteilung der Lehrer.
Werner Schneyder

Schüler: Leute, die immer weniger über immer mehr wissen. *Danny Kaye*

Langeweile des Schülers aber ist meist Schuld des Lehrers. *Arnold Zweig*

Die jungen Leute gehen nicht gern in den Wald, weil sie vor lauter Vogelgezwitscher das Kofferradio nicht mehr hören. *Michel Truaut*

Junge Menschen sammeln Material für einen Tempelbau. Wenn sie es schließlich beisammen haben, zimmern sie daraus einen Schuppen. *Henry David Thoreau*

Kind: ein Buch, aus dem wir lesen und in das wir schreiben sollen. *Peter Rosegger*

Daß wir wieder werden wie die Kinder, ist eine unerfüllbare Forderung. Aber wir können zu verhüten suchen, daß die Kinder werden wie wir. *Erich Kästner*

Die Fragen eines Kindes sind schwerer zu beantworten als die Fragen eines Wissenschaftlers. *Alice Miller*

FREIZEIT

Ferien: eine anstrengende Beschäftigung, die man erst zu genießen beginnt, wenn sie vorbei sind. *Anonym*

Wenn die großen Ferien zu Ende gehen, wenden sich Millionen glückstrahlender Gesichter der Schule zu – die Gesichter der Mütter. *Anonym*

Freizeit: die Zeit, die man mit Arbeit zubringt, für die man nicht bezahlt wird. *Anonym*

Urlaub: die kürzeste Verbindung zwischen zwei Gehältern. *Anonym*

ELTERN

moderne Eltern: Eltern, die ihre Kinder nie schlagen – außer in Notwehr. *Jean-Luc Michel*

Viele Kinder haben schwer erziehbare Eltern. *Anonym*

Eltern sehen erst an verregneten Wochenenden, was sie an den Lehrern haben. *Anonym*

Es gibt kaum noch Eltern, die ihre Kinder erziehen. Die meisten finanzieren sie nur. *Anonym*

Jeder junge Mensch macht früher oder später die verblüffende Entdeckung, daß auch Eltern gelegentlich recht haben können. *André Malraux*

Die Eltern stören meist den Erzieher. *Michel de Montaigne*

Welches Kind hätte nicht Grund, über seine Eltern zu weinen? *Friedrich Nietzsche*

Nur unfolgsame Kinder können besser werden als ihre Eltern. *Dusan Radovic*

Wenn die Eltern sich nur vorstellen könnten, welche Ekel sie in der Meinung ihrer Kinder sind. *George Bernard Shaw*

Ich möchte wissen, warum unsere Eltern immer so langweilig sind. *George Bernard Shaw*

Kinder lieben anfangs ihre Eltern. Wenn sie älter werden, beurteilen sie sie. Bisweilen verzeihen sie ihnen.

Oscar Wilde

Elternschaft: nach wie vor das größte Betätigungsfeld für Amateure. *Alvin Toffler*

Vater: ein Mann, der seinen Sohn zu einem so tüchtigen Menschen heranwachsen sehen möchte, wie er selbst gern einer geworden wäre. *Anonym*

Das Vertrauen junger Menschen erwirbt man am sichersten dadurch, daß man nicht ihr Vater ist.

Henry de Montherlant

Die Mütter sind die unabsetzbaren Schulinspektoren.

Ludwig Windhorst

Die deutschen Väter haben viel durchgemacht, aber einen Vorteil haben sie: ihre Schulzeugnisse sind ausgebombt. *Ramón Crus*

LESEN
und Schreiben

Was zählt die Eroberung Trojas gegen die Erfindung des Alphabets? *Prof. Walter Jens*

Bücher: der fliegende Teppich ins Reich der Phantasie.

James Daniel

– Brillen, durch welche die Welt betrachtet wird.

Ludwig Feuerbach

Gewisse Bücher scheinen geschrieben zu sein, nicht damit man daraus lerne, sondern damit man wisse, daß der Verfasser etwas gewußt hat. *Johann Wolfgang von Goethe*

Wie kann man denken ohne Bücher? *George Bernard Shaw*

Mir sind alle Bücher zu lang. *Voltaire*

Der wahre Zweck eines Buches ist, den Geist hinterrücks zu eigenem Denken zu verleiten. *Christopher Morley*

Geschichtsbücher nach Abzug der Lügen sind außerordentlich langweilig. *Anatole France*

lesen: so ziemlich das wichtigste, was es außer »danach handeln« heutzutage geben kann. *Anonym*

– denken mit fremden Gehirn. *Jorge Luis Borges*

– für den Geist das, was Gymnastik für den Körper ist. *Joseph Addison*

– mit einem fremden Kopf statt dem eigenen denken.

Arthur Schoppenhauer

Jemand, der alles gelesen und es im Kopf behalten hat, ist ein gelehrter Narr. *Josh Billings*

Lesen hat einen großen Nachteil: man vergißt sich selbst. Und einen großen Vorteil: denselben. *Karlheinz Deschner*

Es gibt wirklich sehr viele Menschen, die bloß lesen, damit sie nicht zu denken brauchen. *Georg Christoph Lichtenberg*

Bücher, die dir nicht gefallen, laß ruhig liegen – die sollen andere lesen. *Lin Yutang*

Erst durch Lesen lernt man, wieviel man ungelesen lassen kann. *Wilhelm Raabe*

Lesen ist ein bloßes Surrogat des eigenen Denkens. Man läßt dabei seine Gedanken von einem andern am Gängelband führen. *Arthur Schopenhauer*

Zu verlangen, daß einer alles, was er je gelesen, behalten hätte, ist wie zu verlangen, daß er alles, was er je gegessen hatte, noch bei sich trüge. *Arthur Schopenhauer*

Nicht beim Kauf, beim Lesen gehen Bücher in unser Eigentum über. *Rupert Schützbach*

Die Kunst des Lesens: die geübte Fähigkeit, Seiten zu überblättern, auf denen man nichts versäumt.

William Butler Yeats

Der Leser hat es gut: er kann sich seine Schriftsteller aussuchen. *Kurt Tucholsky*

Wer liest, der handelt nicht. Er liest, um eben nicht zu handeln. Er liest Bücher darüber, wie man alles ändern müsse, damit alles bleibt, wie es ist. Aber es bleibt nicht.

Ulrich Greiner

Man liest zuviel und lebt zuwenig. *Aldous Huxley*

Literatur: Sprache, die mit Sinn geladen ist. Große Literatur ist einfach Sprache, die bis zur Grenze des Möglichen mit Sinn geladen ist. *Ezra Pound*

Die deutsche Literatur ist einäugig. Das lachende Auge fehlt. *Erich Kästner*

Grammatik: ein System von Fallgruben, mit dem sinnvollerweise der Pfad versehen ist, auf dem der Selfmademan zum Erfolg schreitet. *Ambrose Bierce*

– die Kunst des vollkommensten Ausdrucks bei geringster Auffälligkeit. *Heimito von Doderer*

– die Logik der Sprache. *Trench*

Der Rest von Individualität, den sich manche Menschen bewahren, zeigt sich nur in ihrer Orthographie.

Robert Lembke

Philologie: die Wissenschaft von den Sprachen und den darin enthaltenen Möglichkeiten, sich gegenseitig mißzuverstehen. *Anonym*

– die Kunst des richtigen Lesens. *Friedrich Nietzsche*

Jede Art zu schreiben ist erlaubt, nur nicht die langweilige. *Voltaire*

Die meisten Schulbücher sind entstanden aus alten Schulbüchern, die aus alten Schulbüchern entstanden sind. *Erich Kästner*

Manche deutsche Wörter sind so lang, daß sie perspektivisch wirken. Es sind keine Wörter, es sind alphabetische Prozessionen. *Mark Twain*

Wörterbuch: eine bösartige literarische Vorrichtung, die das Wachstum einer Sprache hemmt und sie starr und unelastisch macht. *Ambrose Bierce*

Worte: Nägel, mit denen man Gedanken dingfest macht.

Anonym

– Haken, an die man Gedanken hängen kann. *Anonym*

– das stärkste Rauschgift, das die Menschheit verwendet.

Rudyard Kipling

Worte sind Waffen, mit denen Wunden geschlagen werden können, die niemals vernarben. *Klaus Bölling*

DENKEN
und Sprechen

Denken: etwas, das auf Schwierigkeiten folgt und dem Handeln vorausgeht. *Bertolt Brecht*

– ein Laster, das man schwerlich mit administrativen Mitteln heilen kann. *Wieslaw Brudzinski*

– Taten überflüssig machen. *Fritz Diettrich*

– die schwerste Arbeit, die es gibt, deshalb beschäftigen sich auch nur wenige damit. *Henry Ford*

– probehandeln. *Sigmund Freud*

– die Arbeit des Intellekts, Träumen ist sein Vergnügen.

Victor Hugo

– für viele Menschen nichts anderes als eine Umgruppierung ihrer Vorurteile. *William James*

– Reden mit sich selbst. *Immanuel Kant*

– das Selbstgespräch der Seele. *Plato*

– eine Befriedigung, die sich im Kopf abspielt.

Gabriele Wohmann

Allen ist das Denken erlaubt. Vielen bleibt es erspart.

Anonym

Mit dem Denken ist es wie mit dem Lieben und dem Sterben. Jeder muß es selbst tun. *Anonym*

Wer die Leute dazu bringt, zu denken, daß sie denken, der ist beliebt. Bringt sie aber jemand wirklich zum Denken, dann hassen sie ihn. *Anonym*

Ein Kluger denkt so viel, daß er keine Zeit zum Reden hat. Ein Dummer redet so viel, daß er keine Zeit zum Denken hat. *Anonym*

Das Denken gehört zu den größten Vergnügungen des Menschengeschlechts. *Bertolt Brecht*

Es gibt keinen Ausweg, den ein Mensch nicht beschreitet, um die tatsächliche Arbeit des Denkens zu vermeiden.

Thomas Alva Edison

Der Mensch unterscheidet sich von anderen Lebewesen durch die Fähigkeit zu denken. Nur wissen das die meisten nicht. *Uschi Flacke*

Alles Gescheite ist schon einmal gedacht worden; man muß nur versuchen, es noch einmal zu denken.

Johann Wolfgang von Goethe

Alles Denken ist Zurechtmachen. *Christian Morgenstern*

Ich denke, also bin ich ... verdächtig. *Karel Trinkewitz*

Die meisten Menschen benützen ihren Kopf ohnehin nicht zum Denken, sondern nur zum Nicken.

Evelyn Waugh

Nur der Denkende erlebt sein Leben; am Gedankenlosen zieht es vorbei. *Marie von Ebner-Eschenbach*

Was einmal gedacht wurde, kann nicht mehr zurückgenommen werden. *Friedrich Dürrenmatt*

Man sollte viel öfter nachdenken; und zwar vorher. *Werner Mitsch*

Denker: Leute, die aufs neue denken, und die denken, daß das, was vorher gedacht worden war, niemals hinreichend bedacht worden war. *Paul Valéry*

Diskussion: die Kunst, wohlüberlegt aneinander vorbeizureden. *Claire Boothe-Luce*

Eine Diskussion ist unmöglich mit jemandem, der vorgibt, die Wahrheit nicht zu suchen, sondern sie schon zu besitzen. *Romain Rolland*

Gedächtnis: das Ding, mit dem ich vergesse.

Definition eines Kindes

– die Fähigkeit, sich das zu merken, was man vergessen möchte. *Daniel Gélin*

Sein Gedächtnis schult man am besten dadurch, daß man etwas vergessen möchte. *André Gide*

Jedermann klagt über sein Gedächtnis, niemand über seinen Verstand. *François de La Rochefoucauld*

In der Schule wird nur daran gearbeitet, das Gedächtnis vollzustopfen; Verstand und Gewissen gehen leer aus.

Michel de Montaigne

Sprache:

– nach dem Küssen das erregendste Kommunikationsmittel, das die Menschheit entwickelt hat. *Anonym*

– der Leib des Denkens. *Georg Wilhelm Friedrich Hegel*

– die Kleidung der Gedanken. *Samuel Johnson*

– elementares Verständigungsmittel, das zahllosen Menschen dazu dient, aneinander vorbeizureden. *Peter Kilian*

– die Quelle aller Mißverständnisse. *Antoine de Saint-Exupéry*

Wer eine neue Sprache erlernt, bekommt eine neue Seele. *Tschechisches Sprichwort*

Damit unsere Sprache nicht noch mehr militarisiert wird, müssen wir aufpassen wie die Schießhunde.

Aus einer Fernsehdiskussion

Mein Verhältnis zur schönen französischen Sprache ist genau das gleiche wie das zu meiner Frau: ich kenne sie, ich liebe sie, aber ich beherrsche sie nicht. *Karl Blessing*

Die Sprache wurde dem Menschen gegeben, um zu widersprechen. *Karel Capek*

Die Sprache ist dem Menschen gegeben, um seine Gedanken zu verbergen. *Charles Maurice de Talleyrand*

Talleyrand hat gesagt, die Sprache sei dazu da, die Gedanken zu verbergen. Ich glaube aber eher, daß sie dazu da ist, zu verbergen, daß jemand keine Gedanken hat.

Edward Heath

Wer viele Sprachen spricht, kann in vielen Sprachen Unsinn reden. *Alexander Roda Roda*

Leute, die viele Sprachen beherrschen, haben meist nichts zu sagen – in keiner Sprache. *Peter Ustinov*

Wer eine Fremdsprache lernt, zieht den Hut vor einer anderen Nation. *Thornton Wilder*

Es fällt immer auf, wenn jemand über Dinge redet, die er versteht. *Helmut Käutner*

Sprächen die Menschen nur von Dingen, von denen sie etwas verstehen, die Stille wäre unerträglich. *Anonym*

Sprechen: Fähigkeit, die oft das Denken ersetzen muß. *Anonym*

Wer stark ist, kann es sich erlauben, leise zu sprechen. *Theodore Roosevelt*

Herzschrittmacher – schön und gut! Wo aber bleiben die Hirnschrittmacher? *Gerd Karpe*

DUMMHEIT
ist unausrottbar

Mancher tut, als wäre er dumm, um zu verbergen, daß er wirklich dumm ist. *William Faulkner*

Ursprünglich hätte er ein Zwilling werden sollen, sagte unser Lehrer, denn ein einzelner kann unmöglich so dumm sein. *Curt Goetz*

Wenn die Menschheit nur schlecht wäre – sie war es immer –, aber daß sie so dumm geworden ist, ist verdächtig! Sollte das Ende der Welt so nahe sein? *Curt Goetz*

Um so richtig dumm daherreden zu können, muß einer schon akademisch gebildet sein. *Manfred Rommel*

Dumme Gedanken hat jeder – nur der Weise verschweigt sie. *Wilhelm Busch*

Und deshalb meine ich, daß unsere jungen Leute in den Schulen ganz und gar verdummt werden. Von der Wirklichkeit hören und sehen sie dort nichts. *Petronius Arbiter*

Ein Kluger bemerkt alles. Ein Dummer macht über alles eine Bemerkung. *Heinrich Heine*

Auch der Dumme hat manchmal einen gescheiten Gedanken. Er merkt es nur nicht. *Danny Kaye*

Der Stumpfsinnige, der nicht spricht, ist erträglicher als der Dumme, der redet. *Jean de La Bruyère*

Wenn die Dummen nicht bald alle werden, werden alle bald die Dummen sein. *Johann Ludi*

Das ist der ganze Jammer: die Dummen sind so sicher und die Gescheiten so voller Zweifel. *Bertrand Russell*

Die Dummen haben das Pulver nicht erfunden, aber sie schießen damit. *Gerhard Uhlenbruck*

Dummheit: das einzige, was sich nicht lernen läßt.

Anonym

– angeborene Denkfaulheit. *Aus den »Fliegenden Blättern«*

– der Glaube, genug zu wissen. *Anita Daniel*

– eine ansteckende Krankheit, vor der nicht einmal Gescheite sicher sind. *Zarko Petan*

– Faulheit des Geistes. *Johann Gottfried Seume*

– die sonderbarste aller Krankheiten: der Kranke leidet niemals unter ihr. Die schmerzhaft leiden, sind die anderen. *Paul Henri Spaak*

– die einzige Sünde, die es gibt. *Oscar Wilde*

Dummheit, die man bei anderen sieht, wirkt meist erhebend aufs Gemüt. *Wilhelm Busch*

Die Dummheit der anderen ist Deine Chance.
Winston Churchill

Der Gescheitere gibt nach: ein unsterbliches Wort. Es begründet die Weltherrschaft der Dummheit.
Marie von Ebner-Eschenbach

Die Welt hat ihre Grenzen, aber die menschliche Dummheit ist unendlich. *Gustave Flaubert*

Mit der Dummheit geht es wie mit den geologischen Zeiträumen: man kann sie sich nicht groß genug vorstellen.

Ernst Hohenemser

Vernunft muß sich jeder selbst erwerben, nur die Dummheit pflanzt sich gratis fort.

Erich Kästner

Man kann es auf zweierlei Art zu etwas bringen: durch eigenes Können und durch die Dummheit der anderen.

Jean de La Bruyère

Das Recht auf Dummheit wird von der Verfassung geschützt. Es gehört zur Garantie der freien Entfaltung der Persönlichkeit.

Mark Twain

Zwei Dinge sind unendlich, das Universum und die menschliche Dummheit, aber bei dem Universum bin ich mir noch nicht ganz sicher.

Albert Einstein

Dummheit ist keine Schande. Hauptsache, man hält den Mund dabei. *Werner Mitsch*

Man kann Dummheit sorgfältig durch Erziehung zu Vorurteilen herbeiführen. *Alexander Mitscherlich*

Es ist ein Merkmal der Dummheit, daß sie sich selbst nicht erkennt. *Curt Goetz*

Kluge Leute erkennt man daran, daß sie bei einem Anfall von Dummheit schweigen. *Robert Rocca*

Gesellschaftlich ist kaum etwas so erfolgreich wie Dummheit mit guten Manieren. *Voltaire*

Kinder müssen die Dummheiten der Erwachsenen ertragen, bis sie groß genug sind, sie zu wiederholen.

Jean Anouilh

Die große Stärke der Narren ist es, daß sie keine Angst haben, Dummheiten zu sagen. *Jean Cocteau*

Es ist unglaublich, wieviel Geist in der Welt aufgeboten wird, um Dummheiten zu beweisen. *Friedrich Hebbel*

Dummkopf: Angehöriger der herrschenden Dynastie in Kunst und Leben. *Ambrose Bierce*

– ein Idiot, der keine Karriere gemacht hat. *Gabriel Laub*

Ein richtiger Dummkopf wird nur, wer sich das Fragen abgewöhnt hat. *Anonym*

Ein gelehrter Dummkopf ist ein größerer Dummkopf als ein unwissender Dummkopf. *Molière*

Es gibt kaum etwas Schöneres, als dem Schweigen eines Dummkopfs zuzuhören. *Helmut Qualtinger*

Nur Dummköpfe wissen auf alle Fragen eine Antwort.

John Irving

Wenn die Klügeren nachgeben, regieren die Dummköpfe die Welt. *Jean-Claude Riber*

Wer die Dummköpfe gegen sich hat, verdient Vertrauen. *Jean Paul Sartre*

DEFINITIONEN

Analphabeten: Leute, die des Nichtlesens und Nichtschreibens mächtig sind. *Ralph Boller*

Fleiß: eine bestimmte nervöse Störung, die junge und unerfahrene Menschen befällt. *Ambrose Bierce*

Fragezeichen: das Zeichen der Intelligenz. *Anonym*

Gehirn: ein Organ, mit dem wir denken, daß wir denken. *Ambrose Bierce*

Hypothesen: Wiegenlieder, womit der Lehrer seine Schüler einlullt. *Johann Wolfgang von Goethe*

Pubertät: Zeitspanne, während derer Jungen nicht wissen, ob sie Mädchen küssen oder verprügeln sollen. *Anonym*

Punkt: ein Winkel, dem man beide Schenkel ausgerissen hat. *Anonym*

– die nullte Dimension. *Wilhelm Busch*

Schreibtisch: komplizierte Vorrichtung, um Gegenstände planmäßig zu verlegen. *Anonym*

– ein Kloster aus Holz. *Ludwig Marcuse*

Theorie: eine Vermutung mit Hochschulbildung. *J. A. Carter*

Unsinn: die Einwände, die gegen dieses hervorragende Wörterbuch vorgebracht werden. *Ambrose Bierce*

Unterricht: jener Vorgang, bei dem die Notizen des Lehrers zu Notizen des Schülers werden, ohne daß sie den Geist der beiden passieren mußten. *Mortimer J. Adler*

PERSÖNLICHE Bekenntnisse

Ich verstehe Einstein nicht, aber die heutigen Gymnasiasten verstehen ihn. Wir müssen also auf die Zukunft hoffen.

Eugène Ionesco

Aus der Schulzeit sind mir nur die Bildungslücken in Erinnerung geblieben.

Oskar Kokoschka

Ich hätte viele Dinge begriffen, hätte man sie mir nur nicht erklärt. *Stanislaw Jerzy Lec*

Ich stimme mit der Mathematik nicht überein. Ich meine, daß die Summe von Nullen eine gefährliche Zahl ist.

Stanislaw Jerzy Lec

Als ich vierzehn Jahre alt war, war mein Vater für mich so dumm, daß ich ihn kaum ertragen konnte. Aber als ich einundzwanzig wurde, war ich erstaunt, wieviel der alte Mann in sieben Jahren gelernt hatte. *Mark Twain*

Fleißig sein ist nicht genug; das sind die Ameisen auch. Wohin zielt dein Fleiß? *Henry David Thoreau*

Die englische Schulausbildung ist die beste der Welt – falls man sie überlebt. *Peter Ustinov*

Ich bin immer bereit zu lernen, aber nicht immer, mich belehren zu lassen. *Oscar Wilde*

ERKENNTNISSE,
die Lehrern zuteil werden

Man braucht nicht geistreich zu sein, um zu wissen, daß man begabt ist. Aber man braucht Geist, um zu verbergen, daß man keine Begabung hat. *Marcel Achard*

Aus Kindern, die zu viel dürfen, werden Erwachsene, die zu wenig können. *Oliver Hassencamp*

Alles sollte so einfach wie möglich gemacht werden, aber nicht einfacher. *Albert Einstein*

Wie enttäuschend, ein Kind zu etwas zu erziehen, wozu es nicht taugt! *Michel de Montaigne*

Fakten hören nicht auf zu existieren, wenn man sie absichtlich übersieht. *Aldous Huxley*

Die meisten unserer Fehler sind verzeihlicher als die Mittel, die wir anwenden, um sie zu verbergen.
François de La Rochefoucauld

Der Kluge fragt sich selbst, der Dumme andere. *Anonym*

Je mehr die fünfzehn Milliarden grauer Gehirnzellen strapaziert werden, desto mehr leisten sie. *Paul Raphael*

Mit dem Geist ist es wie mit dem Magen: man sollte ihm nur Dinge zumuten, die er verdauen kann. *Winston Churchill*

Fast jedes Genie verursacht augenblicklich eine Allianz der Mittelmäßigkeit. *Jonathan Swift*

Die Arroganz der Gescheiten ist noch größer als die der Reichen. *Charles Péguy*

Man muß 6000 Jahre Geschichte überblicken können, um den Augenblick zu verstehen. *Johann Wolfgang von Goethe*

Die wichtigste Lehre der Geschichte ist die, daß der Mensch nicht sehr viel aus der Geschichte lernt.

Aldous Huxley

Die Gesellschaft wird erst dann zufrieden sein, wenn aus den Spiegeln überall das gleiche Gesicht herausschaut. *Saul Steinberg*

Einer der Vorteile der Hochschulbildung ist, dem Schüler zu zeigen, daß sie wenig taugt. *Ralph Waldo Emerson*

Man erstickt den Verstand der Kinder unter einem Ballast unnützer Kenntnisse. *Voltaire*

Schlimm ist's, wenn Kindeshand das Zepter führt.

William Shakespeare

Manche Kultusminister sind so schwarz, daß sie im Keller Schatten werfen. *Anonym*

Es ist schwieriger, eine vorgefaßte Meinung zu zertrümmern als ein Atom. *Albert Einstein*

Nichts auf Erden ist so schwer zu halten wie der Mund.

Ewald Balser

Manchmal ist es besser, den Mund zu halten, selbst wenn die Leute sich dann fragen, ob sie es mit einem Narren zu tun haben, als ihn aufzumachen und ihnen jeden Zweifel zu nehmen. *Anonym*

Wenn ein Philosoph einem antwortet, versteht man überhaupt nicht mehr, was man ihn gefragt hat. *André Gide*

Was für eine Philosophie man wähle, hängt davon ab, was für ein Mensch man ist. *Johann Gottlieb Fichte*

Das Rationale am Menschen sind die Einsichten, die er hat. Das Irrationale an ihm ist, daß er nicht danach handelt. *Friedrich Dürrenmatt*

Die Arbeit läuft nicht davon, während du dem Kind den Regenbogen zeigst, aber der Regenbogen wartet nicht, bis du mit deiner Arbeit fertig bist. *Anonym*

Religion und Interpunktion sind Privatsache.

Christoph Martin Wieland

Man hat einen Menschen noch lange nicht überzeugt, wenn man ihn zum Schweigen gebracht hat.

Christopher Morley

Stellen Sie sich die Stille vor, wenn die Leute immer nur das sagen würden, was sie wissen. *Karel Capek*

Nicht immer sind die Stillen auch die Weisen. Es gibt verschlossene Truhen, die leer sind. *Jean Giono*

Man ist geneigt, sich über die Undankbarkeit derer zu beklagen, die einem über den Kopf gewachsen sind.

Samuel Johnson

Es erscheint notwendig, darauf hinzuweisen, daß auch die Jüngsten und Unerfahrensten unter uns keineswegs unfehlbar sind. *Benjamin Jowett*

Nichts auf der Welt ist so gerecht verteilt wie der Verstand: jeder glaubt, genug bekommen zu haben.

Jacques Tati

Welch freudige Überraschung, wenn man plötzlich etwas versteht, was man nur auswendig gelernt hatte.

Juan Zorrilla de San Martin

Zum Aussprechen der Wahrheit gehören zwei – einer, der sie sagt, und einer, der zuhört. *Henry David Thoreau*

Wenn du viele Worte brauchst, um zu sagen, was du sagen willst, dann denke lieber noch ein bißchen drüber nach. *Anonym*

Maschinen werden die Welt nicht beherrschen, solange es noch dieses kleine Triumphgefühi gibt, das wir haben, wenn wir eine Zahlenreihe addieren und auf dieselbe Endsumme kommen wie beim erstenmal. *Anonym*

Das größte unerschlossene Gebiet der Erde liegt unter deinem Hut. *»Voice of St. Jude«*

Versuche niemals, jemanden so zu machen, wie du selbst bist. Du weißt – und Gott weiß es auch –, daß einer von deiner Sorte genug ist. *Ralph Waldo Emerson*

Sei immer gut, doch nie zu gütig! Die Wölfe werden sonst leicht übermütig. *Anonym*